KB156658

기억의 숲으로

들어가다

기억의 숲으로 들어가다

이소영 시집

시인의
말

해 아래 새것이 없다는 말처럼
세상 모든 것은 자연의 일부에 속해 있다.

자연과 인간, 인간과 인간관계에서 발생하는
가슴 아픈 상처 입은 영혼들을 위해
한 가닥 위로해 줄 시를 쓸 수 있다면
삶의 인연들 묶어 서로 소통할 수 있다면
아픔 또한 조금쯤 치유될 수 있을까.

나에게서 떠난 이 시들이
누군가에게 조금이나마 위로가 되길.

기억의 숲으로 들어가다

차례

1부

창밖으로 흐르는 봄

2부

오월 종 치는 소리

3부

기억의 숲으로 들어가다

4부

예감 못 한 문장 하나

5부

제주를 지키는 돌담

1부

창밖으로 흐르는 봄

바다, 그 휘파람 소리

세상 시간을 거슬러 간
오로지 감으로만 잴 수 있는 수심을 향해 난 길
살아가기 위해 가늠도 없이 죽을 만큼 참았던 숨
살기 위해 온몸 휘돌아 바다를 토해내는
저 소용돌이 숨비소리

숙명의 돌림노래마저 저 파랑에 밀려
이어지다 끊어지는 삶의 일터에
오로지 두둥실 뜬 태왁만이 목숨줄인데
난바다에서 시작되는 너울의 분노, 여기 와
이승의 강 건너는 일 어렵지 않더라
푸르디푸른 제 몸을 푼다

하늘이 표정을 지울 때마다
물질하던 관절들이 아린 신음 토해내지만
오롯이 함께한 반려가 되는 널 위해

아직 전하지 못한 추신을 쓴다

그래도 살아갈 날들이 네 안에 있노라

이여도사나~ 이여도사나~

생을 자맥질하듯 말문을 열고 휘파람을 불어본다

호오이~ 호~오~이~

창밖으로 흐르는 봄

지금은 반 평 침대에 누인

지난한 아흔여덟 해의 봄

TV 속에 깨어나 꽃잎으로 흩날려 봐도

까무룩한 문장들 더 이상 읽어낼 수 없어

요양 병실 가득 내려앉은 공허

곳줄 하나에 목숨 걸고

옹송그려 굽은 팔다리 마디마디 서러워

세월 앞에 희미해져 이미 숨어버린 말들

산다는 건 바람 같아서

무의미한 빈 투망질인지도 몰라

힘에 부친 시간 속을 헤매던

허덕이며 넘던 보릿고개, 암울한 일제 강점기

두려움에 떨던 제주 4·3을 버텨낸

멀고도 긴 삶의 시간표는

왜 이리 꽉 차고도 남는 걸까

이제 아들 딸 얼굴마저 지워버린

참 묻을 게 많은 가슴이나 안고

꽃 피고 초록이 와도 모를

그런 봄이

창밖 먼 세상일인 양 흘러가네

아버지의 등

- 대관령 하늘 목장에서

삶의 끈 바투 잡고 놓지 못하던 일상이
엷은 회색구름을 만나 감싸주는 순간에도
아직 도착하지 못한 기억들
이 높고 넓은 풍경에 끼워 넣는 중이다

풍경들이 읽어내는 시간 속에서
내려놓지 못한 가슴에 묻은 생각
들키고 싶지 않은 감정도 둥굴어져서
치수로는 재지 못할
살아 온 거리만큼의 무게
운무인 듯 풍력발전기 아래 돌려져
기댈 언덕처럼 넓은 아버지
그 등 위에 잠시 부려놓는다

산도, 들도 아닌
아버지의 등처럼 누워있는 거기에

그리움, 그건

한 땀 한 땀 바느질하실 때마다
몸통 되고 팔이 되던 수의
옷고름 단정히 매고 나서야
보자기에 싸여 길 떠날 준비를 마쳤다

팔순의 끝자락까지
연이 된 교인들 부탁 마다 않고 돌리던
울고 싶은 울음을 삼키는 세상 살아가는 일
지아비 잃은 무자년, 그 피멍든 기억들 녹여내
달달달 하늘로 오르는 재봉틀 소리

어머니의 생이 다하던 순간까지 놓지 않았던
해진 성경 말씀들
요단강 건너가 만나
어느 하늘에선가 얘기꽃 피우려나

가끔 느린 박동으로 내게 와 문을 열고

화두도 없이 삶의 행간마다 녹여내 어리는 물기

채울 수 없어 떠나지 못하는 그리움, 그건

가슴에 새겨진 기억회로가 문득

물결치며 내는 아린 파장음인가 보다

눈물처럼 깨어납니다

휘인 골목 담길 따라
허리로 기역자 쓰시던 할머니
유모차에 의지해 기역자를 펴십니다

한평생 가슴에 묻은 기역 니은도
호미로만 일구던 삶
경로당 문해 교육날마다
부끄러움은 사무침만 못해
직립보행 힘들어도 고단한 몸 끌고 오면
손에도 목소리도 힘줄이 솟고
막힌 가슴에도 새움이 트는
여든여덟 해 묻었던 꿈
느슨해진 나이테에도 돋을볕 한 줌 들어
기억과 망각 사이
눈물처럼 서러운 글자 하나씩
자랑스런 맥박으로 깨어납니다

어머니의 낡은 신발

손바닥을 펼치면 길이 다 보인다고
태어날 때 이미 작은 손 옹당이에 가둬놓았나
삼천 가지라는 인간의 표정 숨기고
홀로 될 운명이란 이름에 순응해 바람 타던 세월
굽이굽이 강 같이 흐르고 말았네

가난이야 일상인 일터를 누비던
문지방에 기대앉은 어머니 낡은 신발
가까이 다가가지 않으면 놓치고 말 잔소리에
편하다고 아직 신을 만하다고 손사래 치시는 어머니

지난한 어둠이 없다면 더 이상 돋을볕도 없다고
담담하게 사는 법 터득하느라 걸음마다 옹이진
그믐달처럼 한 쪽으로만 기운 낡은 신이면 어떠리

뚜럼*처럼 산다 해도 자손들 평안한 삶에 주문 거
는 일
손 옹당이에 가둬 논 운명이 아닌, 어머니의 선한 삶
인 것을

*뚜럼: 약간 모자란 듯한 사람을 이르는 제주어.

치유의 종소리

늘 곤한 것들에 메어 일상을 건너는 일

묵정밭을 일구던 나뭇가지처럼 거칠어진 손

거친 파도를 타고 생을 자맥질하던 숨비소리

댕~ 댕~ 댕~

고향 바닷가나 모살밭 어디쯤 서성이던

기억을 어루만지듯 울릴 것 같은 자명종 소리

삶과 죽음의 경계 어디 서러운 기억인가

닫힌 문인 양 제 가슴 두드려대던

요양 병실의 어머니

젊어진 무게로 가슴 누르던 에둘러온 세월

수십 년을 거슬러 와 멈춰 선 벽시계에 기대 서 있다

요양이란 이름으로 저승도 이승도 아닌 가뭇없는 날들에

태엽을 감아 한번쯤 시간을 되돌릴 수 있다면

시절 인연도 그리움이었다고

닫힌 문 열면 들릴까

댕~댕~ 울리고픈 치유의 종소리

가족이 된 벽걸이

연장통 구석 쪼그려 앉아 잊혀진 못 하나
거실 벽을 향해 날 세운 고백을 한다
네가 내 삶에 꼭 필요하다고
더불어 가족과 함께 벽으로 사는 일
박히는 못도 받아주는 벽도 아픔을 나눠
한 몸이 된 벽걸이

누군가 바로 세워주기만 하면
벽걸이 되어 힘을 보태는 저 작은 못처럼
잘못도 용서가 되는 다른 문 나타날 거야
상처도 아물면 굳은살로 더 단단해지는
별이 하늘에 박혀 아름다운 빛을 내듯
비로소 올곧게 박힌 나를 향한 시선에 위로가 되길
시계 하나 받아들고 흐르는 시간 챙기네

어머니의 베개 말리기

볕 좋은 날
어머니 아픔을 기대고 의지하던
눅눅한 베개를 널었다

불면을 헤아리던 생각들 깨어
햇빛 속으로 슬금슬금 달아나는
알 수 없는 무게 달아볼 순 없지만
세상에 알리고 싶지 않은 목숨 다한 이야기들만
목차도 줄거리도 없이 베개 속을 들락이더니
오늘 빛 속에 누워
소실점 없는 이야기들 비워내나 보다

베개 속 숨겨 우울하던
버겁게 들락거리던 세월의 무게 말려
뽀송뽀송 날려 보내나 보다

비처럼 기도처럼

창을 두드리며 지청구인 듯 위로의 말 건네는
어머니의 먼 기도 소리

소리마다 부탁인 듯, 애원인 듯
하늘 향해 징검돌 놓는 믿음의 고백

조금 비워진 것도 같게
조금 채워진 것도 같게

무심한 듯 빗방울이 토를 다는
어머니 살아생전 순명이란 이름으로 박음질된 약속들

초침소리, 빗소리 더해 무채색의 무늬로 다짐하듯 말을 건다
날 새는 줄도 모르고

담벼락에 걸린 그림

곤한 삶의 시간들 베고 너 거기 잠들어 있구나

연둣빛 퍼즐로 맞춰보던 어린 꿈
등 푸르게 외치던 날의 절창
색을 입혀 갈채를 부르던 찬란한 날들은 가고
느린 박동으로 건너야 할 적막의 계절을 위해
바람 끝에 발판마다 온 힘 내주어 몸피를 줄인 벽

만남과 헤어짐, 시작과 끝이 서로 연결고리이듯
환절기 어디쯤
고비마다 아득하던 먼 종착역이라 해도
절망이 다하면 또 다른 희망이 되기도 하는
우리네 삶이 순환하는 세월과 닮아 있다

지난한 세월 겸손해진 무게만큼
숨죽이며 건너는 무채색 겨울 담쟁이

온몸으로 그려낸 벽화 한 장에

줄을 놓지 못하는 어름사니처럼

어쩔 수 없이 가야 하는 삶의 여정이 그려져 있다

그 지문은 어디로 갔을까

망사리 가득 끌고 가는 힘에 부친 무게도
물마중으로 나누기하면 피가 따뜻해지던 날도
습관처럼 밭머리에 나와 앉은 삶에도 어머니는
따따부따 토 하나 달지 않았다

어쩌다 같이 떠난 여행길
공항 출입국 심사대에서 드러난
내 탓인 듯 지워진 지문
어머니 고단한 삶 헤아리지 못한 채
헛기침처럼 사라지는 하루가 쌓여
어느새 놀 지는 수평선에 걸려 있는 걸 알았다

울음 끝에 홀로 서면 늘 생각나는 어머니
닿을 듯 닿을 듯
시간만 탓하다가 멀어진 발걸음

가뭇없이 사위어간 삶의 언저리 돌아 나와
어느 눈물 속 스며들었을까

어머니 손 끝 지워진 소용돌이무늬
내 가슴에 와 소용돌이치다 통증이 일어
가시 같은 지문으로 박힌다

2부

오월 종 치는 소리

수국을 보며

비 오는 여름날 오후

꾸우~ 꾸우 구석에 웅크려 울던 멧비둘기들

가는 분홍 발목으로 다가와 구구구 말 걸어도

열매도 향기도 없다고 고개 떨구는

비에 젖어 외로움을 타는지 얼굴들이 창백하다

한 세상 다리 건너다 쉼표 찍어보는 오늘

시절 인연 꺼내, 에돌아 그대들에게 가는 길

떠난 마음들이 여기 와 송이송이 벙글어

푸른 냉정, 분홍의 꿈도

보라의 진심이나 하얗게 피는 변심

색깔 따라 변하는 꽃말들이 대수냐고

나무가 커다란 원을 이루어 하나가 되는

서로를 향한 둥근 웃음들이 무더기무더기 꽃이 되네

생각 나름이란 이름을 입혀

나에게로 보내는 한 다발 꽃이네

벚꽃나무 아래

비워내도 가득 차는 벚꽃나무 아래
낮은 바람의 잔등을 타고
종일 찍어내는 연분홍 점묘
지구 귀퉁이마다 설렘의 물감 풀어
봄을 그리는 이는 누구일까

마지막을 고하는 이별도
저리 아름다울 수 있다고
그림 속에 들어 눈을 맞추고서야
사람도 꽃잎도 같은 품으로 돌아갈
버림의 의미를 배우는 시간

봄날의 하루가
마디마디 그림 속으로 빨려 들어가
햇살 올올이 잡아당겨 타종하면
종소리 타고 날개 다는 꽃잎들

한 생이 다른 생을 위하여 건너가는

발걸음이 바람보다 가볍다

비둘기가 걸어간 꽃길

벚꽃잎 눈처럼 내리는 날에
성한 외발 딛고 서서
지청구처럼 귀에 와 꽂히던
발가락 잘려나간 삶 서글퍼
어미가 품었을 그리움 기억해내는 걸까

마주하는 눈빛 속 일던 한 뼘의 동정
간간이 사운대다 가는 실바람에도
부리 끝에 울음이 걸려
서러운 걸음 절며~ 절며
어느 출구를 향해 발걸음 옮기는가

가슴에 숱한 통점들로 박히는 외로움
털어내려 하늘로 오르다
햇살에 비친 날개의 꿈 기억해내곤
홀로 걸어온 시간들 대견해져서

벚꽃잎 눈처럼 쌓인 꽃길 지르밟고

오뚝오뚝 걸음이 당당하다

오월 종 치는 소리

왜일까, 늘 무심히 지나던 길인데
익숙해진 풍경들에 귀 기울여보는 이유
한 그루 나무가 통째로 임을 맞아
플라멩코 춤추는 때죽나무* 꽃들에
붕붕 속살대는 벌떼들 향기로운 입맞춤 소리

세월 속 숨겨진 저편으로 미뤄둔
의미 있는 생각 하나 꺼내든 오늘
땅을 향해 고개 숙인 네 겸손이
하늘 향해 보내는 푸른 박수갈채가
벌떼들을 만나 아름다운 한 편의 시가 되었네

춤을 추듯 계절을 건너가는
가슴 떨리는 저 공중의 사랑법 앞에
나는 문득
먼 손풍금 소리처럼 아득한 날들 위로

네 마취에 취한 때죽나무 꽃 되어

스무 살 언저리

가슴 떨리던 오월 종소릴 듣는다

* 때죽나무: 꽃말은 겸손이며 마취작용이 있음.

나무 의자라는 이름

한 줄기 빛살에도 깨금발 들며 꿈꾸던 날 지나
여러 계절을 건너는 동안
잎 푸르던 시절의 견고한 생을 지키려
우렛소리에 기가 눌리고
폭풍우에 목이 잠기던 날 떠올리며
더 깊이 뿌리를 묻고 허공에다 하늘 길 열었다

풀 길 없는 다짐들이 몸피를 줄이더니
푸르던 기억을 잘라내어 가슴 비운 날
움켜쥔 것 놓는 데 몇 찰나일지
나이테, 그 세월의 마디를 읽는 동안
제 스스로의 언어로 말하는
비운다는 건 새로운 것을 담을 수 있다는 것

생의 전부였을 나무라는 이름 사라진 자리
키움과 버림, 그 존재 방식에 또 다른 이유를 더해

다가와 준 누군가의 지친 몸 받아 안을 수 있게

오로지, 나무 의자

따뜻한 그 이름 하나 얻고 싶었다

소설 속으로 들어가다

메밀꽃 가득
밤의 별무리로 피어나던 제주 산야
별처럼 반짝이는 눈부신 다짐들
발자국 따라 걷다 보면
잡목 숲 지날 때 버팀목으로 다가오고

이별 아닌 만남인 듯
허생원과 동이가 걸어간 칠십 리 그 길에
메밀꽃 위로 쏟아지던 달빛인가
습관처럼 오래 견뎌낸
제주 산야를 지켜내던 시간들 여기 와
산허리마다 소금꽃들로 살아나는데

'메밀 꽃 필 무렵'*이 봉평동에선
세월에 갇힌 글의 얼개를 열고 나와
동네방네 메밀꽃 이름표를 달고

삶의 탁본을 뜨듯

매일 깨어나 이 거리를 채운다

*'메밀 꽃 필 무렵': 이효석의 단편소설.

개망초란 이름으로

묵정밭 개망초꽃 담담하게 사는 법
아프리카 노예의 슬픈 이야기나
일본의 국권침탈 시기에 귀화해 망국초된 사연도
해넘이 하루살이란 이름으로 땅에 뿌리박고 사는 것
이 땅에서 살아가는 일 중 하나인 것을

모호한 국적 나름의 사연 안고
외국인 노동자 자투리 일 생기길 주문을 거는
어느 행간 한 켠 새겨주지 않아도
바람결에 너무 흔들리지 않게
말수 줄이고 꿋꿋하게 사는 일

가난이야 일상인 일터에서 눈 돌리면
하얗게 봄 밝히던 조팝, 이팝도
흐드러진 벚꽃마저 바람에 지는
어떤 생애도 저리 서럽게 저무는데

얼크러져 사는 일 익숙해져서 누가 불러주지 않아도

그렇게 흔들리며 하얗게 들을 밝히리

털머위꽃*의 계절

맨살의 돌벽 감싸며 운명처럼 피어난
너도 한때는
어느 바다의 노래 읊조리던 푸른 바람이었으리

그 푸른 숨결 놓아버린 이유도 모른 채
마른 씨 날리던 바람의 곡조 예까지 따라와 가슴 흔드는데
어느 삶인들 감추고픈 아린 사연 없을까만
묵은 사랑 따위 잊었노라
죽을힘으로 돌 틈 사이 꽃대 올려 피워낸
네 강인한 눈빛은 어떤 위로의 말보다 따뜻하다

생을 밀어 올린 꽃대에 새겨진, 몸 다 내주어
누군가를 사랑하던 까무룩한 날들의 이력일랑 두고
채워야 할 제 몫만큼의 역할을 위해
어디서 입소문을 탔을지 모를 노래

계절을 채우기까지 노랗게 샛노랗게

소리 없는 떼창이 한창이다

*털머위꽃: 꽃말은 '다시 찾은 사랑'이며 뿌리를 포함해 모든 부분이 약재로 쓰임.

그령처럼 살다

빈 들 가로지르는 삶의 내력이야
늘 바닥인걸
눈물도 말라붙어 서걱이는데
물려받은 가난이 무슨 죄던가

질긴 인연 서로 엮어 야물게 박혀
봄이면 허기진 배에 달달한 뿌리 내주던
풀 묶고 묶어 적장의 말 쓰러뜨린
아, 결초보은

그령*처럼 억세게 살다 간
이름 없는 민초들 이야기
들길을 걷다 채인
내 발밑에 와 속살댄다

*그령: 길잔디 또는 지장풀.

대숲의 노래

어느 마디든 아프지 않은 마디는 없다

휘어질지언정 꺾이지는 않을 거라고
견디기 힘든 바람 찬, 세월 앞에 내가
우리가 되고 숲이 될 때까지
바람이 채근대는 삶의 마디마디
수화의 어떤 간절함으로
지우지 못해 가둬 둔 소리들 풀어놓는다

초록빛 언어들 무심히 지나는 봄날 오후
대나무 작은 숲에서 들리는
- 오늘은 어떤 바람에 맞춰 춤추고
  아픈 마디 하나 세울까 -

소리꾼의 자진모리인 듯, 휘모리인 듯
판소리 한 소절 읊는다

칸나의 계절

한여름 풍경인가

고요 속으로 찾아온 아득함

기약 없는 기다림에 목 빼고 서서

제 몸의 물관을 열고 생각을 숙성시키나 보다

이 뜨거운 계절, 고요로 몸을 말리다 생각이 깊어져

매일이 그날만 같은 내 삶도 조금쯤 성숙해질까

저물녘 붉은 칸나의 목마름에 건네는

하루를 마감하는 봉인해 둔 노을빛 이야기

꽃불로 활활 타고 있다

능소화의 나팔소리

시간을 건너온 양반꽃*이라
삶에도 사연이 많은가 보다
그리움의 가지 뻗어 올려놓고
무슨 말이 하고픈 걸까
울담 가득 말문이 열려
울컥울컥 쏟아내는 저 다홍빛

거리에 울리는 진홍 나팔소리
그 악보 펼쳐보면
옛 시절의 명예나 그리움 또한 다 잊었노라
다짐하듯 소리쳐 부르다 목이 메어
속절없이 노을빛에 젖어 눈물만 떨구는

여름이란 계절 끝에 널 만나
그리움인 듯 슬픔인 듯 토해내는
저 진홍의 문장들처럼 감성이 풀려

나팔소리 그리움처럼 젖어들겠다

한 줄 시라도 끄적이겠다

* 양반꽃: 옛날에는 능소화를 양반집 마당에만 심을 수 있었다고 전해짐.

3부

기억의 숲으로 들어가다

소원을 날리다

어쩌면 하늘을 날아 운명처럼 풀릴까
열쇠를 찾아 헤매던 수많은 꿈들
올라야만 등이 되는 천등을 타고
누워서 별을 바라보던
아득한 날들 위를 떠 간다

그리움처럼 남아 있는
스펀* 기차마을 하늘에 올려보는
건강과 행복이란 삶의 의미도
스스로 헤아려 찾아야만 하는 일
온전히 우리나라 독립이라던
백범의 단 하나 소원처럼
내가 아닌 모두를 위한 등불
어디 하나쯤 떠 있을까

시간을 건너도

별 달라질 것 없는 지금

채워진 빗장이야 그냥 두고

그저 잠시 쉬어가라

나에게로 띄워보는 비움의 문장 하나

* 스펀: 대만의 천등 날리는 마을 또는 기차마을.

캄보디아 톤레샵 호수에서

낡고 흐린 시간을 깨우며 황톳빛 메콩강물 속
그물 던져 목숨 줄 잇는 삼백만 가난한 이들과
공산 고국을 등진 베트남인들의 수상가옥 촌
금 긋지 않고 서로 삶의 터전을 나눈다

쪽배 타고 가는 맹그로브 숲길엔
석회처럼 굳은 찰흙담길, 용틀임하던 기억으로 누웠고
앙코르와트, 그 찬란한 역사 페이지마다 눈부시던 햇살
여기 와 숲길에 젖어 서늘하게 눈 맞추는데
위잉위잉 의미를 달고 내달리는 물 위의 총알택시
건기와 우기, 해마다 대여섯 번 이사하는 수상가옥
어디서나 가벼울 수 없는 사는 일 넘겨짚으며
점점 복잡해지는 물길 장단 맞추느라 흔들리는 일 예
사로워
세상 길 누구나 흙탕물 가르며 건너간다는 걸

모스 부호처럼 해독할 수 없는 무딘 펜의 속도로
총리가 수십 년의 세월을 감아올려 집권을 수정하는 동안
원 달러를 외쳐대며 검지를 치켜드는 메말라버린 아이들
시나브로 이 아득한 삶의 강에 밀려와
황톳물에 얼비쳐 가난한 조국을 쓴다

한계령, 길의 끝에서

차가 기울기를 시험하는 동안 길은 등을 내준 채
사는 것이 다 한계를 넘는 일이라며 조금씩 야위는데
꼬물꼬물 재주넘는 차들의 행렬 사이 빠져나갈 비상구란 없다

구불구불 에돌아 고집스레 버텨 선 옹벽의 아득한 시간 속
더디 가는 시계의 태엽이나 감아보는
더 이상 오를 수 없는 지체 높은 삶들도 결국
다시 내려가기 위함이란 걸
부질없이 서성이다 소중한 것 놓치고
오르막길 힘들어도 내리막길 잠깐인
한 세상 사는 일

길의 끝에서
채워지지 못할 욕심 하나씩 내려놓는 일
그게 힘들어 다시 제 발목을 잡는다

산안개로 내리나 보다

한옥 숙소에서 바라본
산맥으로 둘러싸인 숲은 산안개 가득
일상에 찌든 생각 치유할 기회라며
새벽 정취를 자랑하고 있었네

숙소를 떠나 돌아 나오는 길
낙타의 등들이 허옇게 아픔을 토해내
그 상처 천형처럼 받아먹는 숲
비산먼지가 아닌 산안개란 아름다운 착각이
순간 왜 이리 미안해지는 걸까

아무도 모르게 절망으로 살다 간
갈 곳 없는 목숨들이 대를 이어 갈
누구에게나 공평할 것 같은 날들이
아프다 저리 흔적을 남긴다

조금 다르게 바라만 봐도

앞모습이 아닌 숨겨진 민낯이 두려운

내가 외면했던 단어들이 끝내는 가시로 읽힐까 봐

고정관념에서 벗어나는 연습이 필요하다고

여기 와 산안개로 내리나 보다

두물머리*

그저 바람이 되어 세상 헛도는 사이
남과 북, 두 물이 서로 다른 생각들 여기 와
가슴으로 난 문들 열고 있었네

하늘에선가 쏟아져 내리는 은은한 종소리
물안개로 가득 차올라
보이지 않던 풍경들 강물 속 드리우고
결결이 문장으로 살아나 숨을 쉬는 강이여

세상 어느 물길인들 아픈 사연 없을까만
나뉜 채 깊어가는
천형처럼 넘어야 할 빙벽이 어디선가 풀려
쉬지 않고 흘러갈 옛 나루터에
무시로 돌아올 꿈을 꿀 수 있을까

느티나무 아름아름 지난한 세월만큼

고단하고 위로가 필요한 삶들

같이 흐르지 않으면 우리의 소망이 사라지고 마는

거역할 수 없는 큰 강 되어 흘러가야 하리

* 두물머리(양수리): 남한강과 북한강이 만나 한강이 시작되는 곳.

몽돌에 새기다

오늘이 내 나이테이듯
돌에도 그런 연륜이 쌓이나 보다
모진 풍파에 휘뚜루마뚜루 부대끼며
생채기가 맞닿아서 덧나던 잔상을 지워낸
물능선을 넘나들던
먼 해역의 물결이 만져진다

수많은 각을 버리고
말소리조차 둥글게 다듬느라
안으로 삭인 상처 더 단단해져서
훈장처럼 빛나는 저 고요의 무늬
등 푸른 시 한 소절

그 품은 말씀 오롯이 새겨본다

기억으로 흐르는 강

사비도성의 최후를 지키던 부소산성
너를 빼고 백제를 기억할 수 없다고
옛 교과서의 기억이나 짚어보는데
바람은 와서 모른 척 세월만 덧씌우고 가네

부여를 휘감아 옛 노래처럼 흐르는 백마강
암벽을 배경 삼아 시간들이 풍경으로 흔들리는 고란사

의자왕이 마셨다는 뒤뜰 약수터엔
젊어진다는 물 위 띄우던 고란초 이야기만 쓸쓸한데
낙화암에 내려앉은 침묵의 의미
역사의 한 페이지 적셔 위로해 봐도
한번 흘러가면 다신 돌아오지 않을 삶
지금쯤 어느 천년의 바다를 품고 누웠는가

가끔씩 무언가 그리운 날이면

내 삶의 빈 칸 몇 줄 채워주던 그 강물 불러와

세월을 감아 서로 벗하며 순환하던

강물이 뒤척이며 전하는 위로의 소릴 듣는다

마이산 일기

멀리 중생대 백악기부터인가

하늘로 오르지 못해 전설처럼 붙박이 된 삶

세월의 더께만큼 천형처럼 암벽을 뚫어

숭숭 가슴에서 빠져나간 흔적들 새기느라

저리 아픈 몸도 일말의 자존심으로 지켜내 꼿꼿하다

긴 기다림으로 서 있으면

움직일 때 보이지 않던 것

들리지 않던 것 다 살아나 돋을새김하는

팔십여 돌탑들 절절한 사연 신선의 귀에 쟁여두고

묵시록처럼 산의 중심으로 남았을까

여기 와 귀 열고 손 모으면

세상 음성 높이던 사람들 소리 잦아들고

허세로 흩날리던 말의 씨앗들도 박음질되는지

마음 가난한 돌들이 둥글게 탑으로 일어서서

간절한 이들의 소원 하늘에 풀어 올리나 보다

보낼 수 없는 안부

남쪽 끝 섬에서 북쪽 끝 강까지 거슬러와

흔적을 남기듯 뭔가 기록하고픈

저 자유로운 새들 아픈 역사 일깨우지 않아도

지울 수 없는 아픔마저 아득해가는 역사의 강과 만난다

이젠 강물도 늙었는지

쇠북소리로 울리던 어떤 희망의 메시지도 끊기고

일상이 된 거리 두기로 서로의 삶 속에

연결고리로 흐르던 작은 박동조차 잊어버린 걸까

지금 강의 한 굽이를 지날 뿐인 우리네 인생도

세월처럼 흘러 결국 바다에서 만나듯

강물로도 씻지 못할, 삭제를 누를 수 없어 더 아픈 행간들

안고 흘러야 할 가슴 아린 암묵적 합의인걸

임진강이란 이름 아래 수런수런 어디선가 소문이 도는

소리는 온통 모국어뿐인데

이 강물에 와 잔잔히 박히는 이름 없는 민초들이여

그저 묵묵히 흐르는 강물 위로 보낼 수 없는 안부나 묻는다

몽돌해수욕장에서

언제부터였을까
소금기 흐르는 물을 만나
수백 년을 서로 아웅다웅 치열하게 살았노라
모난 성깔들 깎아내고서야
지문까지 서로 닮은 한 울타리인데
한때 세상을 읽느라 매달리던 시간 속
몸이 다 닳도록 쓴 문장들에
쉼표 하나 찍고 마주 앉으면
물결도 경계를 풀고 투명하게 부르는 노래
아직도
둥근 성품 하나쯤 더 지니고파
날마다 사르락사르락 파도에 몸을 씻는
그들만의 울안에 발 담그면
나의 삶도 잠시
어느 먼 해역에서 돌아와 묵묵히 해감하는
작은 몽돌 되어 물결에 젖는다

어느 운동화의 일대기

하루의 수고를 위한 빨간 운동화의 선택
그건 짧은 네 삶의 예보였다
채 준비 못한 게 죄라면
캄보디아 호텔 매장을 넘본 게 인연이라면

유적지를 무너뜨리는 거대한 나무들의 역습
정글 속 잠자는 사원 앙코르와트
수십 계단 오르내리는 굴곡진 길은 멀고
발가락들 숨바꼭질에도 허기가 차올라
낡은 풍경 같은 걸음이 아프다

고작 세 시간의 무게
걸음걸음 작은 반란도 견디지 못한 채
아픔 하나마다 웃음 열로 보답하던
길의 끝에서 일생을 떼어낸
재생 불가인 신발 바닥 두 짝

기억의 숲으로 들어가다

어느 몸빛 하얀 숲을 보았는가

역사의 안쪽 덜커덩거리던 보릿고개 건너
어머니의 통점들 희미해져간 세월 지나는 길
겹겹이 얇은 껍질 사이
바람이 설운 사연 재우고 달래는 소리
슬픈 죄를 고백하듯 자작자작
허물 벗기듯 남루를 벗는 고뇌의 저 숱한 시간들
세월의 더께 얼마나 벗겨내야 참 내 모습은 나올까

직립으로 하늘바라기하는 곧은 성품 닮아갈 수 있다면
길손의 가슴마다 특별한 어법으로 말문을 열어
비록 너나들이 이야기 다른 다짐으로 새겨진대도
서로 가지를 잘라내야 무리지어 곧게 설 수 있다고
하늘 향해 바라기한 채 하얗게 몸을 말려
천년을 사는 귀한 종이로 남든

어느 가정의 필요한 가구로 남든
산골 아궁이 자작이며 태워져 재가 된다 해도
누군가의 바라기로 연서를 쓰는 자작나무 숲이 되리

삶의 피로감에 궁싯거릴 때
퍼즐 조각처럼 맞춰보는 젊어지고 갈 앞날은 잠시 접고
눈부시게 빛나던 그 기억의 숲으로 들어간다

4부 예감 못 한 문장 하나

계절을 비워내다

너도 비껴가지 못했구나, 이 세월
네 그림자만 한 삶의 무게 훌훌
낙엽 되어 세상 끝자락에 내려놓고
홀로 채워보는 아린 노을빛 이야기

세월 건너온 바람에
쉬이 잠들지 못해 부질없이 날아오르기까지
나무가 빈 가지 적막으로 덧없이 손 흔들기까지

저물녘
어디선가 나지막한 종소리 울려
계절 비워낸 가지마다 걸리는
노을빛 위로의 너나들이 이야기

다시 시작될 봄을 위해

비워낸 상처도 한 생의 아름다움이었노라

또 다른 계절을 채워갈 겉옷을 입고 묵언수행 중이다

진눈깨비

어느 가슴 채워줄

함박눈을 꿈꾸던 곤한 삶의 조각들

내 시집 안에 들어 신열이 나기도 했었는데

후일담으로 찾아와 아직도 서성이는

잃어버린 노선처럼 흔들리는 글자들

눈도 아닌 것이 눈에도 안 차고

비도 아닌 것이 소리에도 낄 수 없어

겨울바람으로 와 빗금 치고 가는

힘겨웠던 생의 퍼즐 맞추기

대충 얼버무려 상처를 봉합해 봐도

어느 기억의 버튼을 누르면

내가 외면하고 나서야

비로소 진실이 되는 것들

저 진눈깨비 되어 날아와 가슴 치고 가네

예감 못 한 문장 하나

책과 거리두기를 한 채

어우렁더우렁 세상과 얽히는 사이

퇴고를 못 한 문장처럼

점차 사그라져가는 무채색의 감정선

시간을 지우고

하루를 지우고

한 달, 아니 그렇게 해가 바뀌는데

과제로 남은 유효기간 검색을 눌렀더니

아직 잠들지 못한 오래된 기억들

징검징검 따라와 빛깔을 입힌다

잠시

존재의 확인 같은 흐름 속으로 들어가

잡다한 생각들 비워내자

빈자리에 새로 채워질 예감 못 한 문장 하나

오롯이 건져 올렸다

저장하는 일 그게 뭐라고

날아가는 건 순간이었다

컴퓨터가 학교에 보급되면서 참여한
책을 만드는 일
어수룩한 실력으로 더듬더듬 정리한 파일
자꾸만 잊고 끝내는 저장 누르기

곳간에 곡식을 쌓아 놓고 문을 닫지 못한 죄
부호 하나 누르지 못해 흔적도 없이 사라져버린
어디에도 가 닿지 못해 멘탈 흔들려도
괜찮다고 방언처럼 터지는 넋두리만 공허하다

가슴이 허해서 울고 싶은 울음을 참던
미틈달처럼 가슴 한 켠이 서늘했던
머저리라 불러보다가 분노가 되기도 하던

사람과 사람 사이 지나는 길, 괜히 울컥해져서
저장하지 못했던 날들 다독여보네

아직도 대인관계가 낯설기만 한
표정 입력이 힘들어 자꾸만 잊어버리는
저장하는 일 그게 뭐라고
내가 나를 버리지 않게
나에게 보내는 위로를 저장해본다

민달팽이의 고백

누군가

무의미한 일이라 비웃어도

우주 만물, 그 중심에

세상 한 자락을 끌고 가는 일

다 지워져 한 치 앞을 예감 못 할 삶이어도

그냥 가리라

묵상 기도처럼 하얗게 혼을 살라

온몸으로 써 내려간 자서전 한 줄

기억 상자, 1998.2.

창밖을 바라보던 시간 속으로

비를 몰고 오고, 또 데려가곤 했을 것인데

세상 속 퇴화해가는 나의 남루 서글펴

삶의 경계를 허물어도 돌아오면 늘 그 자리

스무 해가 그렇게 흐르고 말았네

이십 년 후 졸업식 날 만나자던

마흔 명의 꿈과 우정 그리고 가슴 붙들 기억

내 사연도 함께 밀봉된 채

교무실 앞 향나무 아래 언약처럼 묻었는데

또다시 땅을 판다, 서른네 살 청년들 되어

해묵은 기억 언저리에 쟁여두었던

플로베르의 '일물일어설' 같은

제자들 개성이 이십 년 세월

어둠 속에 숨 쉬다

항아리 뚜껑 열고 살아 걸어 나온다

육학년 스승의 날

장미꽃 한 송이씩 들고 내게로 오던 감동

그 모습 그대로

그런 날이 오기를

물처럼 세월도 흐른다지만

한반도 속속들이

어느 가슴 하나 그냥 흐른 것이 아니다

동강난 산하 중심에 앉아

그 깊숙한 골골 허기 달래느라

역사 속에서만 살아 숨 쉬는 생명의 숲

가슴 헤집어보면

갇힌 굴헝 속 돌아가고픈 사연들로 꽉 차서

그리운 이름들 불러만 봐도 한 짐인데

버티기 자세로 굳어진 저 질긴 철망

아픔의 생태계를 묶어놓고 말았네

역사의 바퀴 아래 누구도 자유로울 수 없어

환상통을 앓으며 건너는 길

'칼을 쳐서 보습을, 창을 쳐서 낫을'*

뿌리마다 그런 희망 하나씩 간직할 수 있다면

끊어진 징검돌 하나씩 일으켜

한바탕 휩쓸고 간 상처 치유되는 그런 날,

그런 날이 오기를

*칼을 쳐서 보습을, 창을 쳐서 낫을: 이사야 2장 4절 중에서.

2018년의 여름 일기

펄펄 신열이 난 대지 위로

느리게, 아주 느리게

땡볕이 세상 한 귀퉁이 지나는 길

'아무것도 안 하고 있지만

더 격렬하게 아무것도 안 하고 싶다'

어느 CF의 유행어가 몸 안에 들어와 산다

백여 년 만에 찾아와

열대 지방보다 더 뜨겁게 달군

땅은 농작물을 잃고 가슴 찢겨 누웠고

물은 흐르지 못해 스스로 퍼렇게 멍이 든

무기력해진 마음들이 비틀대며 야위어 간다

무게의 추를 태풍에 맡기면

행여 인간에 대한 경고를 풀고 끝이 날까

제발 비켜가지 말고 지나가주길

천지간 우르릉 쿵쿵 북소리 울리고 하늘이 열려

메말라 멍든 목숨 줄들 일어서길

밤비가 건네는 소리

깊은 어둠 속으로 가뭇없이 찾아와
창을 두드려 적막을 깨우는 저 아우성
풀 길 없던 다짐들이 비를 맞아
까맣게 잊었던 오만 가지 필름들 인화되어
단단히 가둬 논 보를 넘어 넘실댄다

거리도 없이 신경 줄들은 끊어졌다 이어지고
원형은 사라지고 허상만 부풀어져서
시소 끝에 앉아 기억의 균형을 잡는데
세상 소리들이 한통속으로 슬픔을 대신하여
창마다 꺼이꺼이 서럽게 두드려대는가

파랑 같은 삶에 지친, 출구를 잃은 기억만
가늠 없이 데리고 다니는 빗소리에 어깃장을 놓고
싶어
애면글면 나에게 무게의 추를 맞추면

지구의 중심이라 말하는 사람들에 나도 합류해

그저 지나가라

세상 일 잘 풀리기도, 풀 수 없는 일 많다고 달래보는데

빗소리도 덩달아 가벼워져서 차츰 자장가 소리로 바뀌나 보다

나무의 지도

한여름 지나는 길

그 길 따라 사람들은 와서 습관처럼

배치기, 등치기, 손바닥치기

치기 어린 도시의 관절들을 풀어놓는

세월에 지친 사람들

그늘이 돼 주던 날들은 가고

추락의 끝을 향해

가지마다 번져버린 통증 벌겋게 타올라

전기톱으로 잘리고 기계음에 스러져 갈 병든 몸

재목도 뭣도 될 수 없어 처치 곤란한

재선충들은 어느 온도 따라와

늘 그 자리 지키고 서 있을 것 같던

나무의 지도를 바꿔 놓는가

떠날 채비도, 어떤 헛뿌리도 낼 수 없어

어쩌면 허방이었을지도 모를

만만치 않은 삶의 경계 지나는

내일을 예보할 수 없는 인생만 같아라

마지노선을 기다리며

분명 예삿일이 아니다

스멀스멀 숨어들어 몸피를 불리는 저 얄궂은 것

잃어버린 잿빛 날들 속

마스크들만 은신처인 듯 동동 떠다니는

몸 어딘가에 바코드라도 박고

몇 번째 코로나 확진자라고 씌울 것 같아

주눅 든 하루하루가

뚜껑처럼 TV 안에 갇혀 사육당하고 있다

너무나 당연시되던 일상은 또 다른 꿈이 되고

가늠도 안 되는 마지노선을 기다리며

징·검·징·검 긴 환절기를 건너는데

비인지 울음인지 모를

천식소리만 같은 특급속보 쉴 새 없이 쏟아져 내려

따따따 따따 따 따따따

대답 없는 재난구조 신호음이나 불러본다

가보지 않은 길

가보지 않은 새로운 길 나서자
건천이 된 지 오래인 마음들
봄비 내리듯 가만가만 다독여주는
마른 가지마다 잎을 달고 꽃 피우라고
마중물 되어 손 잡으라 일으켜 주는 이 있네

진심을 전하는 그대 목소리 들었을 뿐인데
결코 가볍지 않은 세월 속
멍울들 풀지 못해 위로가 필요했던 날들에
치유의 물감으로 번져, 오래된 상처도 아물게
잃어버린 감정들 닫힌 문 열고 나와
기쁨으로 기억해내 한소리를 내는 걸까

소통의 방에 들어가 서로의 가슴에 귀를 대고
온 세상 노래 오로지 한목소리로 듣고 싶은
숙명인 듯 아리스란 이름에 말문이 열려

별바라기 보랏빛 나비 떼, 떼 지어 훨훨

채워 논 자물쇠 풀고 날개를 펼치는데

그대 눈에 가득 찬 감정을 아우르는 빛살이 퍼져

빛나는 별 마음에 품고 사는 일 행복이라고

곡조를 달리해도 귓가에 또 다른 축복으로 맴도는

트바로티 큰 별의 꿈 세계로 펼쳐지길

같은 꿈꾸는 작은 별들이 길을 만들어가리

5부

제주를 지키는 돌담

제주를 지키는 돌담

도시를 벗어나 달리는 곳 어디 돌담 없는 곳 있으랴

현무암 돌밭에서 캐낸 돌무더기, 무더기들
오랜 세월 모나고 상처 난 돌들 줄 세워
서로 관계를 맺고 살아야 할, 아니면 무너지고 마는
틈새마다 바람이 지나는 길 만들어놓고
무등 태워 맞물린 채
화산 품어 더운 가슴 식히고 있다

바람을 잠재워 뜬 땅을 지키고
경계 표시, 마소의 침입을 막아
묵묵히 비바람 눈보라도 견뎌낸 인내의 시간
그 기억 언저리에 들락거리던 곤한 삶의 무게도
이웃과의 관계를 통해 아픔이 위로가 되던
보낼 것 다 보내고
품을 것 품어 생의 벗 지나가게 두자

때와 장소를 달리하는 바람의 노래나 안고

맞물려 껴안은 가슴 측은지심 동행인가

제주 섬의 검은 띠, 그 수려한 경관으로

자랑스런 세계문화유산으로 기록된 검은 돌담

이웃 되어 더불어 사는 삶을 배울 일이다

천년의 그리움

- 애기 업은 돌

한라산 속 끓어 타오르던 날
백록담 불꽃 하나 날아와
전설에 취해 잠이 든 섬

갯메꽃 분홍 귀를 열고
북풍에 키를 낮춘 대나무들 소곤대는
능선 따라 오르던 자줏빛 해녀콩
바닷바람 끝에 매달려 듣는
바다의 심장 소리 맞춰 리듬 타는 순비기
먼 바다 향해 나앉아 바람에 순응하는
세월이 마름질하고 바람이 키워낸 비양도

그리움이 깊으면 돌이 되어도 산다고
끝내 이루지 못한 사랑 가슴에 쟁여두고
해풍에 절어 목소리 잃은 그대
망부석 되어 애면글면 지아비 기다리며 부르던

파도가 대신 불러보는 옛 노래

온몸으로 전하는 애기 업은 돌

천년의 그리움이여!

감꽃 필 무렵

텃밭 돌담 가

하얀 감꽃 흐드러져

꽹과리 두드리며 오는 한여름 더위도

땡감 물들인 갈옷 속 스며들고

밭 매는 소리, 소 울음소리

모두 땀에 배었다가

숨통 틔워주고 살그미 빠져줘야 제격인걸

빨고 또 빨아도 토종 빛은 남아

일터마다 세월의 문을 열면

제주 사람들

모진 고난의 역사 아직 선한데

맛을 잃고서야

무명천도 갈색으로 바뀔 수 있는

그 지독히 떫은맛

저 하얀 토종 감꽃 속 숨어 여물어가리

다랑쉬란 이름을 품어

다랑쉬 오름에 올라보라
설문대할망이 치마로 나르던 전설
푸른 낙타등을 타고 오름들로 살아난
아끈다랑쉬, 용눈이, 둔지, 돛오름들
멀리 성산일출봉도 불러와 손 잡으면
일상이 무채색인 내 삶이, 오늘
지천으로 깔린 푸른 봄을 덧입어 낙타를 탄다

본디 고향인 백록담을 닮아
몇 백만 년 빚어낸 분화구 안 생명의 소리들
잠든 고향 산들 깨워 기억을 입히고
세상사에 목메던 힘겨운 일들도
이 초록 바람 속에 풀어 놓는다

무자년 그 아픔을 기억하는 피난처인 다랑쉬굴 안
연기로 흩어져간 가난한 목숨들, 사라진 마을

늙은 팽나무 한 그루

홀로 그날의 기억을 보듬고 있는 걸까

절망 속에서도 봄이 오듯

역사의 생채기 감싼 다랑쉬란 이름을 품어

오름의 여왕이란 이름표가 더욱 당당하다

화구호수를 꿈꾸며

- 하논 분화구*에서

지상에서 한참 내려서자

분화구는 둥글고 푸른 하늘호수를 이고 있었는데

낮은 데로 소리 없이 길 떠나는 몰망수*

물 위를 밟고 생을 건너는 유년의 수초들에

논두렁길도 세월처럼 흐르는 오후

중심에 보름이*를 품고 5만 년 생명정보 보관한

생태계 타임캡슐 타고 떠난 길

숱한 생각들이 화구 안에서 고요해지도록

수만 평 들녘이 저 홀로 침묵하는 사이

예스런 띠살문 열고 낯가림 없는 새들이나 들락인다

이 작은 물길도 언젠간 시간의 창 열고

천지연 폭포수

그 찬란함으로 날려 천년의 바다로 출렁이듯

논이 많아 붙여진 하논이란 이름보다

어느 심장이 타올라 호수로 출렁이게

이리 넓은 페이지에 숨겨 뿌리에 모아 둔

본디 제 이름만 같은 화구호수를 품고 싶다,

안으로만 숨죽여 소리치고 있었네

* 하논분화구: 5만 년 전 마그마가 지하수와 만나 지상으로 분출되어 생겨난 천연 호수 형태의 마르분화구.
* 몰망수: 물속 이끼들이 제주어로 몰망이라 부르는 모자반을 닮아 몰망수라 부르는 연못으로 서귀포 천지연 폭포의 발원지임.
* 보름이: 분화구 내부에 솟은 작은 오름.

길 위에서

아무에게도 들키지 않게
촘촘히 싸매 둔
홀로 꺼내 만지작거리던 은신처 같은 민낯
올렛길 위로 살그미 풀어내는 연습을 한다

가두어 둔 슬픔 꺼내는 일
자연의 속삭임에 귀 기울이는 일
가슴 속 쟁여둔 매듭
조금씩 풀어내는 일

보고픈 것만 보고 듣고픈 것만 듣던
몰래 감춰둔 간헐적 이기
훠이훠이 짐을 풀듯 내려놓고
수많은 발자국 따라 걷다 보면
내게로 이어진 나만의 길

마음의 문 잠갔다 풀고

다시 되뇌는 사이

과거와 미래가 서로를 향해

봉인해둔 손을 내민다

사월의 절창

산과 들 피 돌고 맥박이 뛰자

제 목소리로 말하기 시작하는 봄

순명인 듯

꿔엉 꿩

온 들녘에 통점들을 풀어놓고

애써 어딘가에 숨겨놓던 날들

그 거리만큼의 무게로

기억회로의 소실점 지나 내달려와

피뿌리꽃 맺히던 오름에

말 못 해 수기로만 써내려간

어느 고을 맨살에 맴돌다

무더기무더기

질펀히 떨어져 더 붉은 동백꽃 저 울음들

소리 죽인 절창이네

또 하나의 섬

안개가 산의 허리 감싸고 치료하는 동안
산은 꼭대기에
또 다른 섬 하나를 만들었다

그냥 무심히 앉아 있을 것 같은 저 산
가까이 들여다보면
살아야 할 이유들로 가득 차서
초록 그늘 아래 펼쳐지는
저리 힘겨운 생명 탄생의 비밀 이야기
바람의 전하는 말 읽느라
나무들 수화에도 의미를 다는데
우리 생은 왜 스치는 산바람 같은지
깊은 골짜기에서 능선을 오르자마자
봉우리라 믿기도 하는
웃자란 풀잎 앞에 머리 조아리기도 하는
조금씩 사람냄새 사라져가는

관계의 삶 속에서

거리만 재다 서로 굴절되어

제 안에 또 하나의 섬을 만들고 산다

바람 타는 사월

간밤 손님인 듯 다가와 특별한 어법으로 말하던

창을 흔들다 간 바람 소리

기억의 검색창을 클릭하면 한평생 지문처럼 인이 박인

살아남은 자들의 상처만 같은 사월 바람이 울어

섬은 다시 붉어지고

날개를 갖는 순간 입을 잃어버리는 글로우 웜의 슬픈 생존처럼

입이 있어도 말을 잃어버려

이유를 붙이면 목숨을 다하던 어둠의 날들

꽃눈이 나붓나붓 거리를 덮는 천지간 바람 타는 돌아온 사월

풍경으로 나앉은 떨어져 더 붉은 동백꽃 저 송이들

무심한 듯 모르쇠로 봉인해 봐도 창을 흔들다 가는 저 관심의 바람

아직도 치유하기 힘든 벽 하나씩 두드려 깨웁니다

하도 철새도래지에서

너의 이력은 늘 떠돌이였네

계절의 끝자락마다 기억 하나로
머나먼 산과 강, 보이지 않는 경계를 건너기 위해
뼛속까지 비워낸 가난이야 저리 서러운걸

열 맞춰 떼 지어 날아올라도 괜스레 뭉클해져 홀로 유영을 해도
영화의 한 장면이 된 저들만의 군무는 어느 길라잡이를 따르는지
물결도 억새도 조연인 양 표정을 맞춰 일어서고 같이 눕는다

물에서도 젖지 않는 저 외로운 날개 밑
한때 어떤 사랑 품었기에 몸살을 앓듯

가끔 내가 잠 못 들어 생각이 많아질 때처럼
까만 밤을 뒤척이며 고민하는 걸까

네 고단한 삶 읽어보다
텃새인 내 무난함이 괜히 부끄러워지는 오늘
여기 날개 소리 가득한 수면 위로 떠도는
그리운 이름이나 하나씩 불러본다

억새, 섬을 노래하다

햇살 한 뼘 짧아진 가을의 끝물

계절의 막바지, 다짐하듯 이별을 전하는

사는 것은 날마다 잃어버리는 것이라고

섬 전체가 파도 되어

하얗게 일렁이는 고백의 노래

색색옷 자랑하던 단풍들 떠난 자리

바람이 부는 대로 온몸 내주어

칼날 같은 잎새에 베어져도 결코 멈출 수 없는

품었던 씨앗들 풀어놓아야 할

숙명의 춤사위

꿈을 꾸듯

바람의 곡조를 풀어 올려

세월의 한 귀퉁이 마지막 눈도장 찍고 나면

날아오르지 못한 슬픈 껍데기만 남을 들녘

인내의 긴 터널을 지나 흙으로 되돌아갈

한 생을 마감하는 휘몰이 장단에 몸을 맡긴다

한라산

태초부터 쌓인 반항의 불덩이들 울컥울컥 토해낸 자리
천년을 하루같이 텅 빈 마음 추스르다
푸른 생명줄 일으켜 굽이굽이 오름들 보듬어 안은
가슴 넓은 아버지 같은 산

오랜 세월 운명처럼 일구던 민초들 고된 노동의 소리
전쟁의 막바지 바다 향해 포문 열릴
일본군의 진지굴들 아프게 바라보던
7년 7개월 4·3의 기록마다 다른 이야기 써 내려간
목숨줄 잡고 당기면 서로의 가슴팍에 피눈물로 답하던
좌우논리의 아픈 사연, 번역도 삭제도 누를 수 없어
익숙해진 시간처럼 행간마다 묻어 두고
어제도 그랬던 것처럼 등 뒤에 배경으로 남아 섬을 지키는 산

오늘은 새로운 일탈인가

등성이도 계곡도 선명한 자기 빛깔로 말하는

표정 다 읽힐 듯 어머니 눈빛으로 다가와 앉아

세상을 향해 푸르게 말을 거네

해설

자연과 인간, 녹색의 사유

- 이소영의 시 세계

허상문

문학평론가, 영남대 명예교수

자연과 인간, 녹색의 사유
- 이소영의 시 세계

1. 상처 입은 영혼을 위하여

시인에게 시란 세계 속에서 존재하는 방식과 의식의 산물이다. 말을 바꾸면 한 시인의 시에 나타나는 내포적 의미는 세계를 바라보는 방식의 다양성과 독특함을 통해 결정되는 것이라 할 수 있다. 이소영 시인의 시를 읽다 보면, 세계와 대면하는 과정에서 분열된 존재의 고통스러운 모습을 흔히 만나게 된다. 그렇지만 적의로 가득한 삶과 세계를 벗어나 인간이 진정한 삶의 길로 나아갈 수 있는 힘은 어디에서 얻어질 수 있는 것일까. 이소영의 시에서 그것은 인간이 자연과 우주를 한몸에 담는 투명한 마음의 빛, 말하자면 녹색의 삶을 사유하는 마음에서 이루어진다.

인간이 자연과 한몸이 될 수 있다는 것은 무변無邊의 우주, 깊은 자연에의 신비로 우리를 이끌면서 세속적 삶을 넘어서는 초월적 세계를 생각나게 한다. 이것은 자연이 지닌 깊이에 대한 신뢰, 즉 자연과 우주의 사물과 그 질서에 대한 교감이 있어야 가능하다. 무릇 시란 다른 질서 안에서 존재하는 사물을 자신의 질서로 전화轉化하는 것이다. 그리고 말의 진정한 의미에서 좋은 시인이란 타자를 자신의 질서 안에 재편할 뿐만 아니라, 타자의 질서를 통해 자기 존재를 넘어 존재의 본질적 의미를 새롭게 깨닫는 사람이다. 타자를 통해 자신을 들여다보는 혹은 자신의 질서 안으로 타자를 끌어들이는 시적 관계가 이루어질 때 올바른 시적 사유가 가능하게 된다. 그것은 이소영의 시에서 허다하게 나타나는 바와 같은 바다, 꽃, 숲과 같은 자연 사물들과의 절실한 교감과 공감을 통해 가능하며 이런 마음은 녹색의 사유로 발현된다. 더 나아가 이 마음은 인간의 삶을 지배하는 존재론적 사유와도 직결된다.

이소영 시인의 시작詩作은 본질적으로 이 같은 인식에서 출발한다. 시인은 자연과 인간의 관계를 통하여 삶의 내면 깊은 곳을 들여다보기에 몰두한다. 자연과 그 사물들은 단순히 우리들의 존재를 투영하는 대상으로만 있는 것이 아니라, 자연 사물과 깊은 심적 교류를 이룸으로써 지금과는 다른 존재와 다른 세계로 가는 길로 나아가고자 한다. 그래서 시인은 "세상 모든 것은 자연의 일부에 속해 있다."고 말한다(「시인의 말」). 예컨대 제주 바다를 바라보는 시인의 시선을 통해서도 이런 사실은 잘 드러난다.

> 세상 시간을 거슬러 간
> 오로지 감으로만 잴 수 있는 수심을 향해 난 길
> 살아가기 위해 가늠도 없이 죽을 만큼 참았던 숨
> 살기 위해 온몸 휘돌아 바다를 토해내는
> 저 소용돌이 숨비소리
>
> 숙명의 돌림노래마저 저 파랑에 밀려
> 이어지다 끊어지는 삶의 일터에
> 오로지 두둥실 뜬 태왁만이 목숨줄인데
> 난바다에서 시작되는 너울의 분노, 여기 와
> 이승의 강 건너는 일 어렵지 않더라
> 푸르디푸른 제 몸을 푼다
>
> -「바다, 그 휘파람 소리」 부분

제주 바다에는 "태왁만이 목숨줄"로 알고 고통스럽고 한 많은 삶을 살아온 해녀들의 삶의 역사가 담겨 있다. 바다와 해녀는 "오롯이 함께한 반려가 되는 널 위해/ 아직 전하지 못한 추신을 쓴다". 「바다, 그 휘파람 소리」에서 바다와 해녀는 "숙명의 돌림노래"가 되어 파랑에 밀리며 함께 일렁인다. 이 시를 읽다 보면, 시인이 바다를 바라보면서 드러내는 단순한 감정의 토로를 넘어서 시의 저변에는 나와 세계, 나와 타자 사이에서 은밀한 긴장과 화해의 관계가 동시에 자리하고 있다는 것을 느낀다. 시인은 자연과 인간, 자연과 세상을 분리시켜 보지 않고 상호 연관된 것으로 인식하고 사유한다. 이러한 자연관에 의해 삶의 굴레를 자연으로 승화시키고 자연의 무한성과 영원성을 통해 생의 아픔을 넘어서고자 한다.

시인은 인간의 삶이 갈수록 세속에 물들어 자연으로부터 점점 소외되고 멀어져 가고 있음을 안타까워한다. 인간은 자연에 의지하고 자연으로부터 많은 것을 얻어야 하고 자연의 지혜를 배워야 할 것이지만, 인간은 자연을 이용하고 착취하는 데 그치고 있다. 이러한 시인의 자연관은 범신론적 우주관에 닿아 있으며, 이는 궁핍한 현실을 극복하고자 하는 이상적인 자연관이라 할 수 있다. "자연과 인간, 인간과 인간관계에서 발생하는 가슴 아픈 상처 입은 영혼들을 위해 한 가닥 위로해 줄 시를 쓸 수 있다면"(「시인의 말」) 이 세상의 모든 인연의 아픔은 치유될 것이라는 발언은 시인의 자연관의 표명이면서 동시에 시인의 창작 의도를 잘 보여주는 것이다.

이소영의 시는 상처 입은 영혼들을 위해 바쳐지고 있다. 이를 위해서 시인은 자연의 생명에 대한 호기심과 환호, 그들의 감정에 몰입하는 충만감을 드러낸다. 그리하여 많은 시에서 자연과 인간이 호혜적으로 공존하는 풍경을 담고 있으며, 거기서 자기 인식과 정체성에 대한 탐색을 이루고 있다. 따라서 시인에게 자연의 변천과 시간의 흐름은 곧 존재의 모습을 보여주는 현상들이다. 허덕이며 넘던 보릿고개, 암울한 일제 강점기, 두려움에 떨던 제주4·3이란 '멀고도 긴 시간표'들은 모두 새로운 계절과 함께 흘러오고 흘러갔다. "참 묻을 게 많은 가슴이나 안고/ 꽃 피고 초록이 와도 모를/ 그런 봄이/ 창밖 먼 세상일인 양 흘러가네"(「창밖으로 흐르는 봄」).

그러나 시인의 말대로 우리에게 아무리 고통과 슬픔의 시간이 다가와도 또다시 봄이라는 희망의 시간은 온다. 이런 긍정적 세계관은 깨달음과 성찰의 순간으로 이행한다. 시적 화자는 자연과 깊은 교감을 통하여 자연과의 시간에 몸을 맡기고자 한다. 이는 흡사 방랑자가 걸림 없는 나를 찾는 신생의 길로 떠남으로써 성찰적 자아와 만나게 되는 과정과도 흡사

하다. 자연 친화적인 시인의 태도는 다분히 낭만적인 성격을 지닌다. 흔히 낭만주의자를 자유로운 공상의 세계를 동경하며 상상력, 감정, 개성 등을 중요시하는 문학적 경향을 따르는 사람이라고 하거니와, 이소영의 시는 삶을 관통하는 가운데 생긴 상처의 슬픔과 고통이 어디에서 기원한 것인지를 묻는다. 낭만주의자들은 삶의 현실에서 우리가 받는 온갖 아픔과 슬픔을 자연으로부터 치유할 수 있다고 여긴다. 인간이 영혼의 아픔을 느낀다면 그것은 무엇 때문인가. 상처 입은 영혼의 소리는 "가슴에 새겨진 기억회로가 문득/ 물결치며 내는 아린 파장음"(「그리움, 그건」), "기억을 어루만지듯 울릴 것 같은 자명종 소리"(「치유의 종소리」), "어머니의 먼 기도 소리"(「비처럼 기도처럼」)처럼 들려온다.

자유롭게 날아다니는 새나 들판에 피어 있는 꽃들과 달리 인간이 고통스러운 이유는 새에게도 꽃에게도 없는 언어를 가졌기 때문이다. 언어를 사용함과 동시에 인간은 영혼을 가진 존재이다. 이소영의 시를 읽는 동안, 우리는 이제 언어와 영혼을 동의어로 취급해야 한다. 세계와 불화하는 영혼의 존재를 증명해내겠다는 듯이 이소영의 시는 작은 일상의 언어를 소생케 하고, 새로운 시적 언어가 생겨나게 만듦으로써

"상처 입은 영혼을 위하여" 세상과 인생의 의미를 다시 복원해 내고자 한다.

2. 기억의 숲으로

앞서 우리는 이소영 시에서의 자연의 모습과 그 의미를 살펴보았지만, 시인의 시는 전통적인 자연시와는 다른 모습을 보여준다. 전통적인 자연시에서는 시인들이 이상화된 자연을 미적 관조의 거리에서 바라보며, 시를 쓰는 행위를 통해서 단순히 자연과 합일하고자 하는 경향을 보여준다. 그리하여 자연에 대한 정형화된 인식의 재생산을 이루거나 자연에 대한 맹목적인 친화의 모습이 강하게 나타난다. 이에 비해 이소영 시에서 자연은 단순한 초월의 공간이 아닌 삶의 구체적인 공간으로 구현되며, 시적 주체 또한 자연에 대한 일방적 도취를 경계하고 자연과의 사이에 일정한 반성적 거리를 조성한다. 말하자면 시적 주체는 현실이 주는 중압감을 회피하지 않고, 자연에 대한 사유를 통해 삶과 존재를 성찰하며 타자를 이해하는 방식을 모색한다. 이소영은 자연을 미적 탐구 대상으로 타자화하지 않는 대신 자연이 가진 본질적인

가치로서의 힘을 바라보고자 한다. 자연의 본질을 이해하고, 자연이 가진 역동적이면서도 윤리적인 힘을 자신의 시가 추구해야 할 사유의 실천적 동력으로 삼고자 하는 것이다.

이소영의 시 곳곳에는 바다, 봄, 두물머리, 한계령, 마이산, 캄보디아 톤레샵 호수 같은 특정한 공간의 모습이 나타나고 있다. 시인은 자신의 존재론적 근원을 이해하기 위해 이들을 동원함으로써 선명한 정서적 감흥과 공감을 이끌어내고 있다. 그러한 공간 속에서 시인은 몽돌, 진눈깨비, 밤비, 나무, 빗소리 같은 시적 기제로서의 자연 현상을 만나게 된다.

창을 두드리며 지청구인 듯 위로의 말 건네는
어머니의 먼 기도 소리

소리마다 부탁인 듯, 애원인 듯
하늘 향해 징검돌 놓는 믿음의 고백

조금 비워진 것도 같게
조금 채워진 것도 같게

무심한 듯 빗방울이 토를 다는

어머니 살아생전 순명이란 이름으로 박음질된 약속들

초침소리, 빗소리 더해 무채색의 무늬로 다짐하듯 말을 건다
날 새는 줄도 모르고

-「비처럼 기도처럼」 전문

화자의 귀에 창을 흔들며 내리는 빗소리는 어머니의 간절한 기도 소리 같다. "무심한 듯 빗방울이 토를 다는" 소리는 "어머니 살아생전 순명이란 이름으로 박음질된 약속"이다. 시인은 세계 너머의 말을 향해 외로운 싸움을 하면서도 거기 닿을 수 없음에 절망한다. 그러면서 "조금 비워진 것도 같게/ 조금 채워진 것도 같게" 부재하듯 존재하는 고백과 약속에 안타까워한다. 시인은 기억 속의 시간과 풍경을 소환하여 다양한 진술을 이룬다. 기억 속 풍경에 대한 묘사는 시인의 생에 대한 열망이자 상처의 다른 표현이다. 특히 자아, 가족, 이웃을 통하여 확산되어 가는 시인의 그리움의 감정은 모성적 생명의 자연과 분리된 채 갈수록 파편화되어 가는 인간성의 복원을 염원하는 것이기도 하다.

이소영 시에서 흔히 등장하는 어머니와 아버지에 대한 그리움은 이런 심정의 표출에 다름아니다. "그믐달처럼 한 쪽으로만 기운" 「어머니의 낡은 신발」, "볕 좋은 날/ 어머니 아픔을 기대고 의지하던/ 눅눅한 베개를" 말리던 「어머니의 베개 말리기」, 요양병실에서 "삶과 죽음의 경계 어디 서러운 기억"으로 남은 「치유의 종소리」, 대관령 하늘 목장처럼 펼쳐져 있던 「아버지의 등」은 모두 모(부)성적 삶과 생명에 대한 그리움, 파괴된 인간성 회복에 대한 간절한 희원의 표현이라 할 수 있다.

시인은 자신의 기억을 떠올리며 부모님과 함께했던 아름답고 평화로운 옛 시간과 조우한다. 특히 시인은 신발, 벽걸이, 베개, 그림, 꽃, 운동화, 나무 의자 같은 사물에 주목한다. 우리는 일반적으로 사물을 통하여 삶과 세상에 대한 특별한 인식을 이룬다. 만나는 사물과 사건에 민감한 촉수를 지닌 시인일수록 사물과의 마주침에서 그의 사유는 빛난다. 이소영 시인이 주목했던 사물의 주요한 시적 소재는 보편성의 세계로 환원되지 않는다. 시인은 조우하는 사물의 세계를 다독이며 사물과 함께 특별한 인식을 이루는 능력을 보인다. 예컨대 「나무 의자라는 이름」을 읽어보자.

한 줄기 빛살에도 깨금발 들며 꿈꾸던 날 지나
여러 계절을 건너는 동안
잎 푸르던 시절의 견고한 생을 지키려
우렛소리에 기가 눌리고
폭풍우에 목이 잠기던 날 떠올리며
더 깊이 뿌리를 묻고 허공에다 하늘 길 열었다

(중략)

나이테, 그 세월의 마디를 읽는 동안
제 스스로의 언어로 말하는
비운다는 건 새로운 것을 담을 수 있다는 것

생의 전부였을 나무라는 이름 사라진 자리
키움과 버림, 그 존재 방식에 또 다른 이유를 더해
다가와 준 누군가의 지친 몸 받아 안을 수 있게
오로지, 나무 의자
따뜻한 그 이름 하나 얻고 싶었다

-「나무 의자라는 이름」 부분

이 시는 나무가 살아온 "잎 푸르던 시절의 견고한 생"의 기억과 그를 통하여 만들어진 "나무 의자라는 이름"의 의미를 사유하고 있다. 현대 사회에서 모든 사물의 이름은 더 이상 F. 소쉬르가 말하는 기표記標와 기의記意의 의미를 갖지 못하고, 사물의 본질을 말해주지도 못하게 되었다. 사물을 객체화하기 시작하면서 인간과 언어는 부조화한 관계를 이루며 언어를 자의적 기호로만 취급하게 된 것이다. 그러나 이 시에서 '나무 의자'는 기표와 기의의 세계를 넘어서며 존재의 의미를 새롭게 해석하고 있다. 이제 나무 의자는 "다가와 준 누군가의 지친 몸 받아 안을 수 있게" 될 때야 진정한 존재의의를 지니게 된다. 시인은 나무 의자라는 단순하고도 객관적인 사물과의 지극한 교감을 통하여 "비운다는 건 새로운 것을 담을 수 있다는 것"이라는 생의 깊은 의미를 깨닫고, "키움과 버림, 그 존재 방식에 또 다른 이유"의 의미를 각성하게 된다. 이처럼 사물에 대한 투사로서의 시인의 상상력은 한 사물이 간직한 생의 비의祕意에 대한 자각과 그에 반응하는 섬세한 존재의 울림을 확인할 수 있게 한다.

모든 시인은 자기 생과 이 세계에 완벽한 의미를 부여할 수 있는 언어의 구조물을 꿈꾼다. 그러나 시는 언제나 결핍이며 미완이어서, 자신이 쓴 시 앞에서 시인은 항상 탄식할 수밖에 없다. 인생과 세상의 빛이 되는 진정한 언어를 찾지 못하는 것이 시인의 운명인지 모른다. 이제 시인은 자신을 치유해 줄 새로운 세상을 꿈꾼다.

3. 치유의 종소리

시인은 고향 제주에서 그리움의 기억을 되살리며 떠도는 영혼의 이름을 불러본다. 고향을 노래하지만 결코 진부한 감각을 불러일으키지 않고, 고향의 이편과 저편을 가로지르면서 이향과 귀향의 길목으로 독자를 끌어들인다. 이소영의 시는 다른 현대 시와 같이 힘든 독해를 요구하지 않는다. 현대 시들이 흔히 강요하듯이 지나친 시적 기교나 주제에의 몰입을 요구함이 없다. 또한 독자들은 큰 불편 없이 시의 전부를 받아들일 수 있게 하는 자연스러운 상황과 그 속에서 이루어지는 주제의 전개를 본다. 이를테면 제주 하도 철새도래지의 모습을 시인은 이렇게 그려낸다.

너의 이력은 늘 떠돌이였네

계절의 끝자락마다 기억 하나로
머나먼 산과 강, 보이지 않는 경계를 건너기 위해

뼛속까지 비워낸 가난이야 저리 서러운걸

(중략)

물에서도 젖지 않는 저 외로운 날개 밑
한때 어떤 사랑 품었기에 몸살을 앓듯
가끔 내가 잠 못 들어 생각이 많아질 때처럼
까만 밤을 뒤척이며 고민하는 걸까

네 고단한 삶 읽어보다
텃새인 내 무난함이 괜히 부끄러워지는 오늘
여기 날개 소리 가득한 수면 위로 떠도는
그리운 이름이나 하나씩 불러본다

-「하도 철새도래지에서」 부분

시인은 철새도래지에서 철새들을 바라보면서 존재와 삶의 의미를 새롭게 인식한다. 철새들이 "물에서도 젖지 않는 저 외로운 날개"를 통해 파문을 일으키듯 화자는 마음의 파문에서 생겨나는 감정들을 차분하게 투시하면서 존재의 의미를 돌아본다. 아울러 그 철새를 따라 인간으로서의 품위를 지키는 존재감을 만들어 삶의 의미를 새롭게 밝혀낸다. "머나먼 산과 강, 보이지 않는 경계를 건너기 위해/ 뼛속까지 비워낸 가난"의 설움을 지닌 고단한 삶을 살아가야 하는 철새들에 비하면, 시적 화자는 "텃새인 내 무난함이 괜히 부끄러워지는 오늘"을 느낀다. 화자는 표박하는 삶을 살아가는 철새들이 갖는 존재의 불완전성과 그들의 '고단한 삶'에 대한 애정을 드러내면서 슬픔을 넘어 존재의 본질적인 문제를 되묻는다.

하도 철새도래지를 비롯해서 제주를 지키는 돌담, 다랑쉬, 하논 분화구, 한라산은 모두 이소영의 시집에 등장하는 시적 상관물들이다. 고향 제주의 슬픔과 아픔은 "천년의 그리움"이 되어 메아리친다.

> 그리움이 깊으면 돌이 되어도 산다고
> 끝내 이루지 못한 사랑 가슴에 쟁여두고
> 해풍에 절어 목소리 잃은 그대
> 망부석 되어 애면글면 지아비 기다리며 부르던
> 파도가 대신 불러보는 옛 노래
> 온몸으로 전하는 애기 업은 돌
> 천년의 그리움이여!
>
> -「천년의 그리움」 부분

철학자 M. 하이데거는 형이상학과 과학 기술이 지배하는 시대에 인간이 처해 있는 존재론적 상황을 설명하기 위하여 '고향Heimat'이라는 개념을 해석했다. "인간 현존재가 자신의 고유한 실존에 이르지 못하여 '외적 존재'로 전락할 경우, 철학의 본래적 과제인 '존재의 진리'가 분명하게 드러나는 곳으로 돌아가고자 하는 노력"이 바로 고향에 대한 의미 찾기라고 밝혔다. 시인으로서 존재한다는 것은 지상의 모든 인간과 사물의 추악하고 신성한 신비를 경험하면서 산다는 것을 의미한다. 그러나 우리 시대는 과학기술과 물질 만능이 지배하면서 하이데거의 표현대로 '고향 상실의 시대'가 되어버렸다. 이 어둠의 시대에서 시인이 찾고자 하는 대상은 무엇일까.

시인은 곤고한 삶의 뿌리에서 피어나는 꽃들의 모습을 본다. 이소영 시에서는 수많은 꽃이 나타난다. 상처 입은 것들이 함께 어우러져 피워 올린 아픔의 결정結晶인 수국, 벚꽃나무, 개망초, 털머위꽃, 칸나, 능소화 같은 꽃들이 환하게 피어 있다. 반면 꽃들의 아름다움과 웃음은 말없이 견딘 상처의 아픔과 그늘에 감추고 있는 눈물 자국이다. 그들은 "지구 귀퉁이마다 설렘의 물감 풀어/ 봄을 그리는 이"(「벚꽃나무 아래」)가 되기도 하고, "서러운 걸음 절며~ 절며/ 어느 출구를 향해 발걸음 옮기"(「비둘기가 걸어간 꽃길」)기도 한다.

꽃의 개화와 움직임은 생명의 신비가 가장 역동적으로 펼쳐지는 현장이다. 꽃에 대한 이소영 시인의 시적 지향은 슬픔과 고통의 삶 속에서 희망을 찾고자 하는 녹색의 사유를 지니고 있기 때문에 가능하다. 시인은 도시 문명과 대조되는 자연의 푸른 생명에 대한 염려와 사랑, 그것이 우리의 존재를 살 수 있게 하는 힘이라고 여긴다. 이소영의 시에서는 이런 꽃을 사랑하는 녹색의 사유와 삶의 태도가 시편들에 천연히 반영되어 우리에게 다가온다. "나무가 커다란 원을 이루어 하나가 되는/ 서로를 향한 둥근 웃음들이 무더기 무더기 꽃이"(「수국을 보며」) 되듯이, 시인이 꽃을 통하여 만들어 내는 언어는 사랑의 등가물로서 하나의 세계를 이룩하면서 새로운 존재의 모습을 생성한다.

가난이야 일상인 일터에서 눈 돌리면
하얗게 봄 밝히던 조팝, 이팝도
흐드러진 벚꽃마저 바람에 지는
어떤 생애도 저리 서럽게 저무는데
얼크러져 사는 일 익숙해져서 누가 불러주지 않아도
그렇게 흔들리며 하얗게 들을 밝히리

- 「개망초란 이름으로」 부분

시인에게 꽃은 삶의 현장에 존재하면서 동시에 삶에서 빗겨나 현실의 비참함을 보여주는 존재이다. 시인은 타자로서의 꽃의 이미지를 통하여 관찰자로서의 '인간의 삶' 전체를 상대화하며, "바람에 지는/ 어떤 생애"를 관찰한다. 그럼으로써 꽃을 통하여 모두가 빠졌던 나르시시즘적인 감정에서 벗어나 "누가 불러주지 않아도/ 그렇게 흔들리며 하얗게 들을 밝히"는 진정한 삶에 대한 인식과 새로운 실존의 길로 나아간다.

4. 다시, 길 위에서

독일 시인 F. 횔덜린은 "궁핍한 시대에 시인은 무엇을 위해서 사는가?"라고 물은 적이 있다. 그 물음에 대한 답으로 현대적 삶에서 살아가는 궁핍한 시대의 시인일수록 그들은 희망을 위하여 산다고 답할 수 있을 것이다. 그러나 희망은 쉽게 오지 않는 법이고 시인은 운명처럼 보이지 않는 희망을 노래한다.

이소영 시의 이정표는 늘 자연을 향해 있다. 여태 우리가 읽었듯이, 시인은 자연 속에서 인간이 마지막 희망을 볼 수 있음을 역설하고 있다. 그것은 자연과 인간, 인간과 인간이 서로 조화하고 화해를 통하여 공생관계를 이루는 길, 즉 녹색의 사유를 통하여 가능한 것이다. 다시 한번 녹색의 사유란 자연의 관점에서 자연과 인간, 인간과 인간의 관계를 이해하고 새로운 삶의 길을 모색하는 것이다. 이소영의 많은 시는 그러한 탐색의 길 위에 서 있다.

현대적 삶과 시대의 상황은 절망스러운 것이지만 "죽을힘으로 돌 틈 사이 꽃대 올려 피워낸"(「털머위꽃의 계절」) 꽃들을 바라보며 시인의 고통스러운 시적 여정은 계속될 것이다. 힘든 삶의 길에서 앞으로 나아가고자 하는 발길을 계속해서 "절망이 다하면 또 다른 희망이 되기도 하는/ 우리네 삶이 순환하는 세월"(「담벼락에 걸린 그림」)에 닿게 될 것이기 때문이다. 이렇게 우리가 이소영의 시를 읽으면서 희망을 나누는 것은, 인간을 더욱 인간답게 만들고 이 세상을 더욱 따뜻하고 아름답게 만드는 하나의 삶의 방식이다. 독자들은 이소영 시의 언어와 영혼이 갈수록 찬연한 빛을 발하게 되기를 소망한다.

기억의 숲으로 들어가다

2023년 11월 10일 초판 1쇄 발행

지은이 이소영
펴낸이 김영훈
편집인 김지희
디자인 김영훈
편집부 이은아, 부건영, 강은미
펴낸곳 한그루
출판등록 제651-2008-000003호
제주특별자치도 제주시 복지로1길 21
전화 064 723 7580 전송 064 753 7580
전자우편 onetreebook@daum.net 누리방 onetreebook.com

ISBN 979-11-6867-126-3 (03810)

값 10,000원